花間集卷之四目錄

孫光憲

女冠子　二首
風流子　三首
定西番　二首
河滿子　一首
玉胡蝶　一首
八拍蠻　一首

竹枝　一首
思帝鄉　一首
上行盃　二首
謁金門　一首
思越人　二首
楊柳枝　四首
望梅花　一首
漁歌子　二首

魏承班
菩薩蠻 二首
滿宮花 一首
木蘭花 一首
玉樓春 二首
訴衷情 五首
生查子 二首
黃鍾樂 一首
漁歌子 一首
鹿虔扆
臨江仙 二首
女冠子 二首
思越人 一首
虞美人 一首
閻選
虞美人 二首

臨江仙 二首
浣溪沙 一首
八拍蠻 二首
河傳 一首

尹鶚

臨江仙 二首
滿宮花 一首
杏園芳 一首

醉公子 一首
菩薩蠻 一首

毛熙震

浣溪沙 七首
臨江仙 二首
更漏子 二首
女冠子 二首
清平樂 一首

李珣

南歌子 二首
河滿子 二首
小重山 一首
木蘭花 一首
定西番 一首
後庭花 三首
酒泉子 二首
菩薩蠻 三首

李珣

浣溪沙 四首
漁歌子 四首
巫山一段雲 二首
臨江仙 二首
南鄉子 十首
女冠子 二首
酒泉子 四首
望遠行 二首

菩薩蠻三首
西溪子一首
虞美人一首
河傳二首

花間集卷之四

唐 趙崇祚 集

明 湯顯祖 評

孫光憲

女冠子

蕙風芝露，壇際殘香輕度。蘂珠宮，苔點分圓碧，桃花踐破紅。品流巫峽外，名藉紫微中。真侶墉城會，夢魂通。

其二

澹花瘦玉，依約神仙粧束。佩瓊文，瑞露通霄貯，幽香盡日焚。碧煙籠絳節，黃藕冠濃雲。勿以吹簫伴，不同群。

風流子

茅舍槿籬溪曲，鷄犬自南自北。菰葉長，水葓開，門外春波漲淥。聽織，聲促，軋軋鳴梭穿屋。

田家樂耶？覆人行耶？青樓曲耶？詞人漫美人容，都在尺幅中矣。

其二

吳子華云埜人知道外邊寒謝疊山云玉人歌吹未曾歸可見深宮之曠不知邊塞之寒玉人之娛不知蚕婦之苦至裴交泰下第詞云南宮漏短北宮長真一字一血矣

樓倚長衢欲暮瞥見神仙伴侶微傳粉攏梳頭隱映画簾開處無語無緒慢曳羅裙歸去

其三

金絡玉銜嘶馬繫向楊柳陰下朱戶掩翠簾垂曲院水流花謝歡罷歸也猶見九衢深夜

定西番

鷄祿山前游騎邊草白朔天明馬蹄輕　鵲面弓離短韔彎來月欲成一雙鳴髇雲外曉鴻驚

其二

帝子枕前秋夜霜幄冷月華明正三更　何處戍樓寒笛夢殘聞一聲遙想漢關萬里淚縱橫

河滿子

冠劍不隨君去江河還共恩深歌袖半遮眉黛慘淚珠旋滴衣襟惆悵雲愁雨怨斷魂何處相尋

玉蝴蝶

春欲盡，景仍長，滿園花正黃。粉翅兩悠颺，翩翩過短墻。　鮮颷暖，牽遊伴，飛去立殘芳。無語對蕭娘，舞衫沉麝香。

八拍蠻

孔雀尾拖金線長，怕人飛去入丁香。越女沙頭爭拾翠，相呼歸去背斜陽。

竹枝

元時和楊廉夫竹枝詞者五十餘人，佳篇不可多得。徐廷徽有云：臙地萬斛臙脂水，瀉向銀河一色秋。卓乎無愧唐人。

門前春水竹枝白蘋花女兒岸上無人竹枝小艇斜女兒商女經過竹枝江欲暮女兒散拋殘食竹枝飼神鴉女兒亂繩千結竹枝絆人深女兒越羅萬丈竹枝表長尋女兒楊柳在身竹枝垂意緒女兒藕花落盡竹枝見蓮心女兒

思帝鄉

如何遺情情更多？永日水晶簾下斂羞蛾。六幅羅裙窣地，微行曳碧波。看盡滿池疎雨，打團荷。

上行盃

黯然消魂者唯別而已矣江淹賦所未暢尚思廣之此詞殊覺小草

草草離亭鞍馬從遠道此地分襟燕宋秦吳千萬里 無辭一醉野棠開江草濕佇立沾泣征騎駸駸

其二

離棹逡巡欲動臨極浦故人相送去任心情知不共 金船滿捧綺羅愁絲管咽迴別帆影滅江浪如雪

滿帆風吹不上離人小舡今南調中最膾炙人口只此數語已足該括之矣

謁金門

留不得留得也應無益白紵春衫如雪色楊州初去日 輕別離甘棄擲江上滿帆風疾却羨彩鴛三十六孤鸞還一隻

思越人

古臺平芳艸遠館娃宮外春深翠黛空留千載恨 教人何處相尋 綺羅無復當時事露花點滴香淚惆悵天橫淥水鴛鴦對對飛起

其二

黯然消魂者
惟別而已矣
江淹賦未此
情詞思致之
此詞乃饒外
章

草草離亭鞍馬，從遠道，此地分襟，燕宋秦吳千
萬里。無辭一醉，野棠開，江草濕，佇立，沾泣，征
騎駸駸。

其二

離棹逡巡欲動，臨極浦，故人相送，去住心情知
不共。金船滿捧，綺羅愁，絲管咽，回別，帆影滅，
江浪如雪。

謁金門

諸亦風致不
工雅人心事
今古詞中莫
備入口以
此教語已足
家指之矣

留不得，留得也應無益。白紵春衫如雪色，揚州
初去日。輕別離，甘拋擲，江上滿帆風疾。卻羨
彩鴛三十六，孤鸞還一隻。

思越人

古臺平，芳草遠，館娃宮外春深。翠黛空留千載
恨，教人何處相尋。綺羅無復當時事，露花點
滴香淚。惆悵遙天橫綠水，鴛鴦對對飛起。

其二

曾記一詞云清江一曲柳千條十五年前舊板橋曾與情人橋上別更無消息到今朝小說以為劉禹錫作而劉集不載并此志之

渚蓮枯宮樹老長洲麋苑蕭條想像玉人空處所月明獨上溪橋　經春初敗秋風起紅蘭綠蕙愁死一片風流傷心地魂銷目斷西子

楊柳枝

閶門風暖落花乾飛遍江城雪不寒獨有晚來臨水驛閑人多凭赤闌干

其二

有池有榭即濛濛浸潤飜成長養功恰似有人常點檢着行排立向春風

纖而森

其三

根柢雖然傍濁河無妨終日近笙歌驂驂金帶誰堪比還共黃鶯不校多

其四

萬枝枯槁怨亡隋似弔吳臺各自垂好是淮陰明月裏酒樓橫笛不勝吹

望梅花

曾記一詞云清江一曲柳千條二十五年前舊板橋曾與美人橋上別恨無消息到今朝小說以為劉禹錫作而劉集不載[illegible]

渚蓮枯宮樹老長洲廢苑蕭條想像玉人空處
所月明獨上溪橋　經春初敗秋風起紅蘭綠
蕙愁死一片風流傷心地魂銷目斷西子

楊柳枝

閶門風暖落花乾飛遍江城雪不寒獨有晚來
臨水驛閒人多憑赤闌干

其二

有池有榭即濛濛浸潤翻成長養功恰似有人
長點檢著行排立向春風

其三

根柢雖然傍濁河無妨終日近笙歌驂驂金帶
誰堪比還共黃鶯不校多

其四

萬株枯槁怨亡隋似弔吳臺各自垂好是淮陰
明月裏酒樓橫笛不勝吹

望梅花

自去何郎無好詠雪萼紅跗相映當得一好字起來

竟奪了張志和張季鷹坐位亦覺狠些

數枝開與短墻平見雪萼紅跗相映引起誰人邊塞情　簾外欲三更吹斷離愁月正明空聽隔江聲

漁歌子

草芊芊波漾漾湖邊艸色連波漲沿蓼岸泊楓汀天際玉輪初上　扣絃歌聯極望槳聲伊軋如何向黃鵠叫白鷗眠誰似儂家疎曠

其二

泛流螢明又滅夜涼水冷東灣闊風皓皓笛寥寥萬頃金波澄澈　杜若洲香郁烈一聲宿雁霜時節經霅水過松江盡屬儂家日月

魏承班

菩薩蠻

羅裾薄薄秋波染眉間畫時山兩點相見綺筵時深情暗共知　翠翹雲鬢動斂態彈金鳳宴罷入蘭房邀人解珮璫

顫一作訊

好箇滿宮花只此平調殊未快人心目

此題集中凡三見皆亞一敗筆才故相匠抑此題之足慾其輝洒耶

其二

羅衣隱約金泥画玳筵一曲當秋夜聲顫覷人嬌雲鬟褭翠翹 酒醺紅玉軟眉翠秋山遠繡幌麝煙沉誰人知兩心

滿宮花

雪霏霏風凛凛玉郎何處狂飲醉時想得縱風流羅帳香幃鴛寢

木蘭花

小芙蓉香旖旎碧玉堂深情似水閉寶匣掩金鋪倚屏拖袖愁如醉 遲遲好景煙花媚曲渚鴛鴦眠錦翅凝然愁望静相思一雙笑靨嚬香蘂

玉樓春

寂寂画堂梁上燕高卷翠簾横素扇一庭春色惱人來滿地落花紅幾片 愁倚錦屏低雪面淚滴繡裙金縷線好天涼月盡傷心爲是玉郎

東坡得意處是四腳碁盤著一味黑子若山枕印紅腮句得意之情景可思

長不見

其二

輕歛翠蛾呈皓齒鶯囀一枝花影裏聲聲清迥遏行雲寂寂画梁塵暗起　玉斝滿斟情未已促坐王孫公子醉春風筵上貫珠勻艷色韶顏嬌旖旎

訴衷情

高歌宴罷月初盈詩情引恨情煙露冷水流輕思想夢難成　羅帳裏香平恨頻生思君無計睡還醒隔層城

其二

春深花簇小樓臺風飄錦繡開新蕚覺步香堦山枕映紅腮　鬢亂墜金釵語檀偎臨行執手重重囑幾千廻

其三

銀漢雲情玉漏長蛩聲悄画堂筠簟冷碧窻涼

楊柳索春饒黃山谷詞也　一汀烟柳索春饒張小山詞也古人慣用饒字

紅蠟淚飄香　皓月瀉寒光割人腸那堪獨自步池塘對鴛鴦

其四

金風輕透碧窗紗銀釭焰影斜欹枕卧恨何賒山掩小屏霞　雲雨別吳娃想容華夢成幾度遶天涯到君家

其五

春情滿眼臉紅銷嬌妬索人饒翠嚬小玉瑠搖

幾度醉春朝　別後憶纖腰夢魂勞如今楓葉又蕭蕭恨迢迢

生查子

煙雨晚晴天零落花無語難話此時心梁燕雙來去　琴韻對薰風有恨和情撫腸斷斷絃頻淚滴黃金縷

其二

寂寞畫堂空深夜垂羅幕燈暗錦屏欹月冷珠

只此容易别時常種人畢世莫解之恨那得草草

曲終人不見江上數峰青似有神助以此方之可爲勍敵

簾薄　愁恨夢難成何處貪歡樂看看又春來還是長蕭索

黃鐘樂

池塘煙煖草萋萋惆悵閑宵含恨愁坐思堪迷遥想主人情事遠音容渾似隔桃溪　偏記同歡秋月低簾外論心花畔和醉暗相携何事春來君不見夢魂長在錦江西

漁歌子

柳如眉雲似髮蛟綃霧縠籠香雪夢魂驚鐘漏歇窻外曉鶯殘月　幾多情無處説落花飛絮清明節少年郎容易别一去音書斷絶

鹿虔扆

臨江仙

金鎖重門荒苑静綺窻愁對秋空翠華一去寂無蹤玉樓歌吹聲斷已隨風　煙月不知人事改夜闌還照深宫藕花相向野塘中暗傷亡國

結語酸楚江文通潘安仁

清露泣香紅

其二

無賴曉鶯驚夢斷起來殘酒初醒映窻絲柳裊煙青翠簾慵卷約砌杏花零　一自玉郎遊冶去蓮凋月慘儀形暮天微雨灑閑庭手挼裙帶無語倚雲屏

女冠子

鳳樓琪樹惆悵劉郎一去正春深洞裏愁空結人間信莫尋　竹疏齋殿逈松密醮壇陰倚雲低首望可知心

其二

步虛壇上絳節霓旌相向引真仙玉步搖蟾影金鑪裊麝煙　露濃霜簡濕風緊羽衣偏欲留難得住却歸天

思越人

翠屏欹銀燭背漏殘清夜迢迢雙帶繡窠盤錦

悼亡詩不過如此

蕙淚侵花暗香銷　珊瑚枕膩鴉鬟亂　玉纖慵
整雲散苦是適來新夢見離腸爭不千斷

虞美人

卷荷香澹浮煙渚綠嫩擎新雨　鎖窻疎透曉風
清象床珍簟冷光輕水紋平　九疑黛色屏斜
掩枕上眉心歛不堪相望病將成　鈿昏檀粉淚
縱橫不勝情

閻選

盡一作儘〻字更有淡會

虞美人

粉融紅膩蓮房綻　臉動雙波慢　小魚銜玉鬢釵
橫石榴裙染象紗輕　轉娉婷　偷期錦浪荷深
處　一夢雲兼雨　臂留檀印齒痕香　深秋不寐漏
初長盡思量

其二

楚腰蠐領團香玉　鬢疊深深綠　月蛾星眼笑微
頻　柳夭桃豔不勝春　晚粧勻　水紋簟映青紗

筱西連情美人諄艷笑淡鬢一作

帳霧罩秋波上一枝嬌臥醉芙蓉良宵不得與
君同恨忡忡

臨江仙

雨停荷芰逗濃香岸邊蟬噪垂楊物華空有舊
池塘不逢仙子何處夢襄王珍簟對欹鴛枕
冷此來塵暗淒涼欲憑危檻恨偏長藕花珠綴
猶似汗凝粧

其二

非深林行從者不獨夢生言即以冰仙調當行路雜可也

十二高峯天外寒竹梢輕拂仙壇寶衣行雨在
雲端畫簾深殿香霧冷風殘欲問楚王何處
去翠屏猶掩金鸞猿啼明月照空灘孤舟行客
驚夢亦艱難

浣溪沙

寂寞流蘇冷繡茵倚屏山枕惹香塵小庭花落
泣濃春劉阮信非仙洞客嫦娥終是月中人
此生無路訪東隣

仄韻七言絶句唐人以入樂府謂之阿那曲宋人謂之雞叫子平聲絶句以入樂府者非楊柳枝竹枝即八拍蠻也

三句皆重疊字大奇〻

宋李易安聲〻慢用十重疊字起而以點〻滴〻四結之蓋用其法而青于藍者

八拍蠻

雲鎖嫩黃煙柳細風吹紅蔕雪梅殘光景不勝閨閣恨行行坐坐黛眉攢

其二

愁鎖黛眉煙易慘淚飄紅臉粉難勻憔悴不知緣底事遇人推道不宜春

河傳

秋雨秋雨無晝無夜滴滴霏霏暗燈涼簟怨分

離妖姬不勝悲　西風稍急喧窻竹停又續膩臉懸雙玉幾廻邀約雁來時違期雁歸人不歸

尹鶚

臨江仙

一番荷芰生池沼檻前風送馨香昔年於此伴蕭娘相偎佇立牽惹敘衷腸　時逞笑容無限態還如菡萏爭芳別來虛遣思悠颺慵窺往事金鎖小蘭房

一年長見月當頭歸來月滿身良非易事世上如斯

其二

深秋寒夜銀河靜月明深院中庭西窗幽夢等閑成逡巡覺後特地恨難平　紅燭半消殘焰短依稀暗背銀屏枕前何事最傷情梧桐葉上點點露珠零

滿宮花

月沉沉人悄悄一炷後庭香裊風流帝子不歸來滿地禁花慵掃　離恨多相見少何處醉迷三島漏清宮樹子規啼愁鎖碧窗春曉

杏園芳

嚴粧嫩臉花明教人見了關情含羞舉步越羅輕稱娉婷　終朝咫尺窺香閣迢遥似隔層城何時休遣夢相縈入雲屏

醉公子

暮煙籠蘚砌戟門猶未閉盡日醉尋春歸來月滿身　離鞍偎繡袂墜巾花亂綴何處惱佳人

會得醉的公子

檀痕衣上新

菩薩蠻

隴雲暗合秋天白俯窻獨坐窺烟陌樓際角重吹黃昏方醉歸　荒唐難共語明日還應去上馬出門時金鞭莫與伊

毛熙震

浣溪沙

春暮黃鶯下砌前水晶簾影露珠懸綺霞低映晚晴天　弱柳萬條垂翠帶殘紅滿地碎香鈿蕙風飄蕩散輕煙

其二

七言中兩字名句乃韻纖詞故自相逼然氣韻和平猶然中土之音也北曲以鄭衛之淫為梨園教坊之習然猶古燕南北里之韵

花謝香紅煙景迷滿庭芳草綠萋萋金鋪閑掩繡簾低　紫燕一雙嬌語碎翠屏十二晚峯齊夢魂銷散醉空閨

其三

晚起紅房醉欲銷綠鬟雲散裊金翹雪香花語

而近者海鹽崑山一意纖靡北曲亦失其傳反雅從先能無三嘆

裙一作裾

不勝嬌　好是向人柔弱處玉纖時急繡裙腰
春心牽惹轉無憀

其四

一隻橫釵墜髻叢靜眠珍簟起來慵繡羅紅嫩
抹酥胷　羞斂細蛾魂暗斷困迷無語思猶濃
小屏香靄碧山重

其五

雲薄羅裙綬帶長滿身新裛瑞龍香翠鈿斜映
艷梅粧　伴不覰人空婉約笑和嬌語太猖狂
忍教牽恨暗形相

其六

碧玉冠輕裊燕釵捧心無語步香堦緩移弓底
繡羅鞋　暗想歡娛何計好豈堪期約有時乖
日高深院正忘懷

其七

半醉凝情卧繡茵睡容無力卸羅裙玉籠鸚鵡

長短句盛于宋人然往往有曲詩曲論之弊非詞之本色也此等漫衍無情亦復未能免此

厭聽聞　慵整落釵金翡翠象紗欹鬢月生雲
錦屏綃幌麝煙薰

臨江仙

南齊天子寵嬋娟六宮羅綺三千潘妃嬌艶獨
芳妍椒房蘭洞雲雨降神仙　縱態迷歡心不
足風流可惜當年纖腰婉約步金蓮妖君傾國
猶是至今傳

其二

幽閨欲曙聞鶯囀紅窗月影微明好風頻謝落
花聲隔幃殘燭猶照綺屏箏　繡被錦茵眠玉
暖炷香斜裊煙輕澹蛾羞斂不勝情暗思閑夢
何處逐雲行

更漏子

秋色清河影澹深戶燭寒光暗綃幌碧錦衾紅
博山香炷融　更漏咽蛩鳴切滿院霜華如雪
新月上薄雲收映簾懸玉鉤

香暖蟬鬢四語俱絕對而薰字引字低含淡拂字尤見精工

其二

煙月寒初夜靜漏轉金壺初永羅幕下繡屏空燈花結碎紅　人悄悄愁無了思夢不成難曉長憶得與郎期竊香私語時

女冠子

碧桃紅杏遲日媚籠光影綵霞深香煖薰鶯語風清引鶴音　翠鬟冠玉葉霓袖捧瑤琴應共吹簫侶暗相尋

其二

脩蛾慢臉不語檀心一點小山妝蟬鬢低含綠羅衣淡拂黃　悶來深院裏閑步落花傍纖手輕輕整玉罏香

清平樂

春光欲暮寂寞閑庭戶粉蝶雙雙穿檻舞簾卷晚天疏雨　含愁獨倚閨幃玉爐煙斷香微正是銷魂時節東風滿樹花飛

河一作何

艷麗亦復溫
文更不易得

南歌子

遠山愁黛碧橫波慢臉明膩香紅玉茜羅輕深院晚堂人靜理銀箏　鬢動行雲影裙遮點屐聲嬌羞愛問曲中名楊柳杏花時節幾多情

其二

惹恨還添恨牽腸即斷腸凝情不語一枝芳獨映畫簾閒立繡衣香　暗想爲雲女應憐傅粉郎晚來輕步出閨房髻慢釵橫無力縱猖狂

河滿子

寂寞芳菲暗度歲華如箭堪驚緬想舊歡多少事轉添春思難平曲檻絲垂金柳小窗絃斷銀箏　深院空閒燕語滿園閒落花輕一片相思休不得忍教長日愁生誰見夕陽孤夢覺來無限傷情

其二

無語殘粧澹薄含羞嚲袂輕盈幾度香閨眠過

若徒事鋪排即中調獄入況長調乎

曉綺窗疎日微明雲母帳中偷惜水晶枕上初驚　笑靨嫩疑花折愁眉翠斂山橫相望只教添悵恨整鬟時見纖瓊獨倚朱扉閑立誰知別有深情

小重山

梁燕雙飛畫閣前寂寥多少恨懶孤眠曉來閑處想君憐紅羅帳金鴨冷沉煙　誰信損嬋娟倚屏啼玉筯濕香鈿四肢無力上鞦韆羣花謝

愁對艷陽天

定西番

蒼翠濃陰滿院鶯對語蝶交飛戲薔薇　斜日倚欄風好餘香出繡衣未得玉郎消息幾時歸

木蘭花

掩朱扉鈎翠箔滿院鶯聲春寂寞勻粉淚恨檀郎一去不歸花又落　對斜暉臨小閣前事豈堪重想着金帶冷畫屏幽寶帳慵薰蘭麝薄

黦字詩詞中不多見即集中惟韋莊應天長淚沾紅袖黦一語又本周處風土記梅雨沾衣服皆敗黦皆黑而有文者

後庭花

鶯啼燕語芳菲節瑞庭花發昔時歡宴歌聲揭管絃清越　自從陵谷追遊歇画梁塵黦傷心一片如珪月閑瑣宮闕

其二

輕盈舞妓含芳艷競粧新臉步搖珠翠脩蛾斂膩鬟雲染　歌聲慢發開檀點繡衫斜掩時將纖手匀紅臉笑拈金靨

其三

越羅小袖新香蒨薄籠金釧倚欄無語搖輕扇半遮匀面　春殘日暖鶯嬌懶滿庭花片爭不教人長相見画堂深院

酒泉子

手撚着牙梳慢慢的想如漫此處當案覺兩兩尖新

閑臥繡幃慵想萬般情寵錦檀偏翹股重翠雲欹　暮天屏上春山碧映香煙霧隔蕙蘭心魂夢役斂蛾眉

西域諸國婦人編髮垂髻飾以雜花如中國塑佛像瓔珞之飾曲名取此

其二

鈿匣舞鸞隱映艷紅脩碧月梳斜雲鬢膩粉香寒　曉花微歛輕呵展裹釵金燕軟日初昇簾半捲對殘粧

菩薩蠻

梨花滿院飄香雪高樓夜靜風箏咽斜月照簾幃憶君和夢稀小窻燈影背燕語驚愁態屏掩斷香飛行雲山外歸

其二

繡簾高軸臨塘看雨翻荷芰真珠散殘暑晚初涼輕風度水香無憀悲往事爭那牽情思光影暗相催等閑秋又來

其三

天寒殘碧融春色五陵薄倖無消息盡日掩朱門離愁暗斷魂鶯啼芳樹暖燕拂迴塘滿寂寞對屏山相思醉夢間

公蜀之梓州人事王宗衍有詞名瓊瑤集其妹事王衍為昭儀亦有詞藻

鏤香塵句秘發鏤塵二字出關尹子事易安清露晨流新桐初引乃世說全文詞雖小技亦須多讀書方許為之

李珣

浣溪沙

入夏偏宜澹薄粧越羅衣褪鬱金黃翠鈿檀炷
助容光相見無言還有恨幾迴拚卻又思量
月窗香徑夢悠颺

其二

晚出閑庭看海棠風流學得內家粧小釵橫戴
一枝芳鏤玉梳斜雲鬢膩縷金衣透雪肌香

暗思何事立斜陽

其三

訪舊傷離欲斷魂無因重見玉樓人六街微雨
鏤香塵早為不逢巫峽夢那堪虛度錦江春
遇花傾酒莫辭頻

其四

紅藕花香到檻頻可堪閑憶似花人舊歡如夢
絕音塵翠疊畫屏山隱隱冷鋪紋簟水潾潾

漁歌子即漁家傲也老不如漁良裡其言

斷魂何處一蟬新

漁歌子

楚山青湘水綠春風澹蕩看不足草芊芊花簇簇漁艇棹歌相續 信浮沉無管束釣回乘月歸彎曲酒盈樽雲滿屋不見人間榮辱

其二

荻花秋瀟湘夜橘洲佳景如屏画碧煙中明月下小艇垂綸初罷 水爲鄉蓬作舍魚羹稻飯

常飡也酒盈杯書滿架名利不將心挂

其三

柳垂絲花滿樹鶯啼楚岸春天暮棹輕舟出深浦緩唱漁歌歸去 罷垂綸還酌醑孤村遥指雲遮處下長汀臨淺渡驚起一行沙鷺

其四

九疑山三湘水蘆花時節秋風起水雲間山月裏棹月穿雲遊戲 鼓青琴傾綠蟻扁舟自得

迴字應作回

客子常畏人酸語不減楚些

不了語作結亦自有法

逍遥志任東西無定止不議人間醒醉

巫山一段雲

有客經巫峽停橈向水湄楚王曾此夢瑤姬一夢杳無期　塵暗珠簾捲香銷翠幄垂西風迴首不勝悲暮雨灑空祠

其二

古廟依青嶂行宮枕碧流水聲山色鎖粧樓往事思悠悠　雲雨朝還暮煙花春復秋啼猿何必近孤舟行客自多愁

臨江仙

簾捲池心小閣虛暫涼閑步徐徐芰荷經雨半凋疎拂堤垂柳蟬噪夕陽餘　不語低鬟幽思遠玉釵斜墜雙魚幾廻偷看寄來書離情別恨相隔欲何如

其二

鶯報簾前暖日紅玉鑪殘麝猶濃起來閨思尚

這般景法亦画家七十二
色之最上乘也墨子嘗歎定無素絲之悲

疎慵別愁春夢誰解此情悰　強整嬌姿臨寶鏡小池一朵芙蓉舊歡無處再尋蹤更堪迴顧屏画九疑峯

南鄉子

煙漠漠雨淒淒岸花零落鷓鴣啼遠客扁舟臨野渡思鄉處潮退水平春色暮

其二

蘭棹舉水紋開競攜藤籠採蓮來迴塘深處遥相見邀同宴綠酒一卮紅上面

其三

歸路近扣舷歌採真珠處水風多曲岸小橋山月過煙深鎖豆蔻花垂千萬朵

其四

乘綵舫過蓮塘棹歌驚起睡鴛鴦游女帶花偎伴笑爭窈窕競折團荷遮晚照

其五

飆底一樽馬頭千里亦自有蒙叟如此睡彷彿華胥千日矣

傾綠蟻泛紅螺閑邀女伴簇笙歌避暑信船輕浪裏閑遊戲夾岸荔枝紅蘸水

其六

雲帶雨浪迎風釣翁廻棹碧灣中春酒香熟鱸魚美誰同醉纜却扁舟蓬底睡

其七

沙月靜水煙輕芰荷香裏夜船行綠鬟紅臉誰家女遥相顧緩唱棹歌極浦去

輕弓短箭獵撲所長故千

其八

漁市散渡船稀越南雲樹望中微行客待潮天欲暮送春浦愁聽猩猩啼瘴雨

其九

櫳雲髻背犀梳焦紅衫映綠羅裙越王臺下春風煖花盈岸遊賞每邀鄰女伴

其十

相見處晚晴天刺桐花下越臺前暗裏廻眸深

調皆有趣語

屬意遺雙翠騎象背人先過水

女冠子

星高月午丹桂青松深處醮壇開金磬敲清露珠幢立翠苔　步虛聲縹緲想像思徘徊曉天歸去路指蓬萊

其二

春山夜靜愁聞洞天踈磬玉堂虛細霧垂珠珮輕煙曳翠裾　對花情脉脉望月步徐徐劉阮

今何處絕來書

酒泉子

寂寞青樓風觸繡簾珠碎撼月朦朧花暗澹鎖春愁　尋思往事依稀夢淚臉露桃紅色重鬢歀蟬釵墜鳳思悠悠

其二

雨漬花零紅散香凋池兩岸別情遙春歌斷掩銀屏　孤帆早晚離三楚閑理鈿箏愁幾許曲

一意空翻到底而點綴古雅殊不殊人意此富于才而窘于學者

中情絃上語不堪聽

其三

秋雨聯綿聲散敗荷叢裏那堪深夜枕前聽酒初醒 牽愁惹思更無停燭暗香凝天欲曉細和煙冷和雨透簾中

其四

秋月嬋娟皎潔碧紗窗外照花穿竹冷沉沉印池心 凝露滴砌蛩吟驚覺謝娘殘夢夜深斜傍枕前來影徘徊

望遠行

春日遲遲思寂寥行客關山路遙瓊窗時聽語聲嬌柳絲牽恨一條條 休暈繡羅吹簫貌逐殘花暗凋同心猶結舊裙腰忍辜風月度良宵

其二

露滴幽庭落葉時愁聚蕭娘柳眉玉郎一去負佳期水雲迢遞雁書遲 屏半掩枕斜欹蠟淚

菩薩蠻集中最多而佳者亦不少以此殿之不類貂續

無言對垂吟蛩斷續漏頻移入窻明月鑒空幃

菩薩蠻

廻塘風起波紋細刺桐花裏門斜閉殘日照平蕪雙雙飛鷓鴣　征帆何處客相見還相隔不語欲魂銷望中煙水遙

其二

等閑將度三春景簾垂碧砌參差影曲檻日初斜杜鵑啼落花　恨君容易處又話瀟湘去凝思倚屏山淚流紅臉斑

其三

隔簾微雨雙飛燕砌花零落紅深淺撚得寶箏調心隨征棹遙　楚天雲外路動便經年去香斷畫屏深舊歡何處尋

西溪子

金縷翠鈿浮動粧罷小窻圓夢日高時春已老人來到滿地落花慵掃無語倚屏風泣殘紅

宋紹興中杭都酒肆有道人携烏衣椎髻女子買斗酒獨飲女子歌以侑之歌詞非人世語或記之以問一道士道士曰此赤城韓夫人作法駕導引也凡三疊此法曲之腔詞所從來諸如此類變而浸失其傳者不少矣故以記之末闋

虞美人

金籠鶯報天將曙、驚起分飛處、夜來潛與玉郎期、多情不覺酒醒遲、失歸期。映花避月遥相送、膩鬟偏垂鳳、却回嬌步入香閨、倚屏無語撚雲篦、翠眉低、

河傳

去去、何處迢迢巴楚、山水相連、朝雲暮雨、依舊十二峯前。猿聲到客船。愁腸豈異丁香結。因離別。故國音書絕。想佳人花下、對明月春風、恨應同。

其二

春暮、微雨、送君南浦、愁斂雙蛾、落花深處、啼鳥似逐離歌、粉檀珠淚和、臨流更把同心結、情哽咽、後會何時節、不堪回首、相望已隔汀洲、櫓聲幽、

花間集卷四音釋

女冠子

峽音狹山名　墉音庸墻也　貯音主盛也

定西番

韔音帳弓發也　髀音鼊箭也

楊栁枝

閶音昌｜闔天門也　驂音參三馬日｜

望梅花

蕚音岳花｜也　跗音夫跏也　｜叫音斗

漁歌子

湝音諧猶萋萋也　蓼音彔　楓音風香木　軋音押　醑音胥美酒

木蘭花

旖音倚　旎音你　翅音尺　箔音剝簾也

玉樓春

斝音賈玉爵也　斟音珍｜酌也　筍音旬如竹箭之有｜也

虞美人

擎音鯨 綻音站衣縫解裂 罩音棹取魚具 窠音科穴中曰丨樹上曰巢 逗音豆

醉公子

蘚音癬苔丨也

後庭花

蒨音倩草名 褪音吞半新半故也 釧音串釵丨也

巫山一段雲

鏁音鎖 櫓音魯 暈音運

跋

粵音越南丨地名

花間集跋

余自幼讀經讀史至仁人孝子有被讒謗者爲之扼腕輒歎手刃之而後稱快焉廼戊申秋梁谿肆毒爰及於余余是以廢舉業忘寢食不復歡居人間世矣搢紳同袍力解之弗得忽一友出袖中二小書授余曰旦暮玩閱之吟咏之牢

騷不平之氣庶幾稍什其一二余視之則楊升菴湯海若兩先生所批選草堂詩餘花閒集也於是散髮披襟遍歷吳楚閩粵閒登山涉水臨風對月靡不以此二書相校讐始知宇宙之精英人情之機巧包括殆盡而可興可觀可群可怨寧獨在風雅乎嗟〻風

雅而下一变為排律再变為樂府為彈詞若元人之會真琵琶幽閨秀襦非樂府中所稱膾炙人口者然亦不過摭拾二書之緒餘

云爾烏乎羨哉烏乎羨哉

時

萬曆歲庚申菊月苕上無瑕道人書於貝錦齋中

湯顯祖批評花間集（一套四冊）

出版發行　海峽出版發行集團　福建人民出版社
地　　址　福州市東水路76號
郵政編碼　350001
網　　址　www.fjpph.com
責任編輯　盧　和
印刷裝訂　揚州文津閣古籍印務有限公司
版　　次　二〇一一年一〇月第一版第一次印刷
書　　號　ISBN 978-7-211-06362-8
定　　價　壹仟零捌拾圓

圖書在版編目（CIP）數據

湯顯祖批評花間集／（明）湯顯祖評
—影印本．—福州：福建人民出版社，
2011.10
ISBN 978-7-211-06362-8
Ⅰ.①湯… Ⅱ.①湯… Ⅲ.①詞—
評論—中國—古代 Ⅳ.①I222.842
②I207.23

中國版本圖書館CIP數據核字（2011）
第199201號

ISBN 978-7-211-06362-8